AF326265

19 avril 1912

VENTE

Du Vendredi 19 Avril 1912

HOTEL DROUOT, SALLE N° 1

A DEUX HEURES

RICHE MOBILIER

DE STYLES LOUIS XV, LOUIS XVI
ET Iᵉʳ EMPIRE

BEAUX BRONZES D'ART ET D'AMEUBLEMENT

SCULPTURES

TAPISSERIES MODERNES

TAPIS D'ORIENT

Mᵉ F. LAIR-DUBREUIL

COMMISSAIRE-PRISEUR

CATALOGUE

D'UN

RICHE MOBILIER

DE STYLES LOUIS XV, LOUIS XVI

ET Ier EMPIRE

BELLE SALLE A MANGER EN ACAJOU MOUCHETÉ GARNIE DE BRONZES
CHAMBRE A COUCHER, COMMODE ET PSYCHÉ EN BOIS D'AMARANTE,
BOIS DE ROSE ET MARQUETERIE DE BOIS,
BELLES COMMODES EN ACAJOU ORNÉES DE BRONZES DORÉS,
MEUBLES EN ACAJOU GARNIS DE BRONZES DE STYLE Ier EMPIRE,
VITRINES, BUREAUX, BIBLIOTHÈQUE, TABLES, GUÉRIDONS, ETC.
EN BOIS DE PLACAGE, GRAND BUFFET EN NOYER DE STYLE RENAISSANCE.

PIANO DROIT DE GAND ET BERNARDEL

Ameublements de Salons en Tapisserie d'Aubusson
Sièges variés garnis en soie et en velours

BEAUX BRONZES D'ART

DE CARPEAUX, PAUL DUBOIS, AUGUSTE ET MATHURIN MOREAU

BRONZES D'AMEUBLEMENT

Importante garniture de Cheminée de style Louis XV
en Porcelaine de Chine et Bronze doré

MARBRES, PORCELAINES DE SÈVRES, BISCUITS

Tapisseries Modernes, Tentures, Tapis d'Orient et en Moquette

DONT LA VENTE AUX ENCHÈRES PUBLIQUES AURA LIEU

HOTEL DROUOT, SALLE N° 1

LE VENDREDI 19 AVRIL 1912, à 2 heures

PAR LE MINISTÈRE DE

Me F. LAIR-DUBREUIL, COMMISSAIRE-PRISEUR, 6, rue Favart

EXPOSITION PUBLIQUE

Le Jeudi 18 Avril 1912, de 1 h. 1/2 à 6 heures

CONDITIONS DE LA VENTE

Elle sera faite au comptant.

Les adjudicataires paieront *dix pour cent* en sus des enchères.

L'exposition mettant le public à même de se rendre compte de l'état et de la nature des objets, aucune réclamation ne sera admise une fois l'adjudication prononcée.

Paris. — Imp. de l'Art, Cʜ. Bᴇʀɢᴇʀ, 41, rue de la Victoire

DÉSIGNATION

BRONZES D'ART

SCULPTURES

1 — Buste en bronze de Napoléon Ier, par Co-
LOMBO.

2 — Statuette en bronze : l'Echo, de MATHURIN
MOREAU.

3 — Statuette en bronze doré : la Cruche cassée, de
A. MOREAU. Socle en marbre griotte à perlé de
cuivre.

4 — Le Chanteur Florentin, par PAUL DUBOIS.
Bronze grandeur demi-nature. *Édition de Bar-
bedienne.*

5 — Groupe en bronze : la Danse, de CARPEAUX.

Haut., 80 cent.

6 — Statue en bronze : Jeune fille au coquillage,
de CARPEAUX.

Haut , 1 mètre.

7 — Colonne à quatre faces en marbres de couleur, ornée de bronzes ciselés et dorés, de style Premier Empire.

8 — Buste en marbre blanc : Jeune femme aux Iris, par ILLI PUGI.

9 — Statuette en marbre blanc : la Jeunesse, par ANTONIN CARLÈS.

10 — Statue en marbre blanc : Vanita. Sur socle.

11 — Groupe, de MATHURIN MOREAU, représentant une jeune fille, en marbre blanc, assise sur le bord d'une coupe en bronze doré. Socle en marbre.

BRONZES D'AMEUBLEMENT

12 — Flambeau en bronze doré, formé d'une figure de femme ailée, supportant trois lumières électriques, avec abat-jour en soie verte. Style Premier Empire.

13 — Lampe-trépieds en marbre vert de mer et bronze doré à têtes de béliers, avec abat-jour en soie brodée.

14 — Lampe électrique, formée d'un vase ovoïde, en marbre vert de mer, anses à figures de faunes en bronze doré, panse ornée de guirlandes de fleurs, culot feuillagé, avec son abatjour en soie.

15 — Galerie de foyer en bronze et bronze doré, à figures de sphinx. Style Premier Empire.

16 — Ecran de foyer en bronze et bronze doré, de même style.

17 — Porte-pelle avec pelle et pincette, de même style.

18 — Paire de grands chenets en bronze doré, à figures de Vulcain et Amphitrite, posées sur des rocailles.

19 — Paire d'appliques à deux lumières en bronze doré, à rinceaux et cariatides d'enfants jouant de la flûte. Style Louis XVI.

20 — Paire de candélabres à cinq lumières en bronze doré, de style Louis XV, ornés de statuettes en porcelaine à figures de Berger et Bergère.

21 — Paire de grands candélabres : Mercure et femme ailée, en bronze patine brune, tenant des bouquets de lumières en bronze ciselé doré. Socles en marbre gris bleu. Monture en bronze.

22 — Lustre en bronze et cristaux.

23 — Paire d'appliques en bronze, garnies de cristaux.

24 — Lustre en bronze doré, forme panier, décoré de fleurs en porcelaine, il est garni de quinze lumières électriques.

25 — Applique de chevet en bronze doré, en forme de panier fleuri, à deux lumières électriques.

26 — Lustre en bronze doré, et cristaux, forme corbeille, orné de figures d'amours portant seize lumières électriques placées entre des rinceaux.

27 — Lustre à treize lumières en bronze doré et pendeloques en cristal. Style Premier Empire.

28 — Lustre en bronze et enfilages de cristaux, garni intérieurement de neuf lumières électriques. Style Louis XVI.

29 — Garniture de cheminée en bronze doré, de style Louis XVI, composée de : une pendule à figures d'amours et deux candélabres.

30 — Garniture de cheminée en bronze et marbre vert de mer, de style Premier Empire, composée de : une pendule représentant le Char du Triomphateur et de deux candélabres en bronze et bronze doré formés par des femmes engainées portant chacune deux lumières.

31 — Importante garniture de cheminée, de style
Louis XIV, composée de : une pendule formée
d'un vase-balustre en céladon de Chine bleu
empois surmonté d'un couvercle en bronze à
galerie ajourée et posé sur un terrassement à
figures d'enfants chinois en bronze doré, cadran
de *Balthazar à Paris ;* et de deux candélabres
composés de vases en porcelaine craquelée de
Chine, montés en bronze doré et supportant cha-
cun cinq lumières.

OBJETS VARIÉS

32 — Garniture de toilette en ivoire.

33 — Trousse de voyage.

34 — Paire de grands vases-cornets en porcelaine
de Sèvres gros bleu, à filets dorés.

35 — Grand buste de Marie-Antoinette en biscuit.
Signé : *Lecorte.*

36 — Grande colonne en biscuit et porcelaine gros
bleu, à décor doré, offrant au pourtour une suite
de personnages en relief ; base en bronze doré.
Elle supporte une coupe-jardinière en biscuit,
sur socle en bronze.

MEUBLES ET SIÈGES

37 — Bel ameublement de salle à manger en acajou moucheté, orné de bronzes ciselés et dorés, de style Louis XVI. Il se compose de : un buffet-dressoir, à dessus de marbre surmonté d'une glace biseautée, un meuble-argentier, une pannetière, une table ovale à cinq allonges et demie et douze fauteuils garnis de canne avec coussins et dossiers en panne bleue.

38 — Bel ameublement de chambre à coucher en bois d'amarante, bois de rose et marqueterie de bois à fleurs, décoré de motifs et d'encadrements en bronze ciselé et doré, de style Louis XVI. Il se compose de : un lit de milieu, une armoire à trois portes à glaces biseautées et deux tables de nuit

39 — Grande commode en acajou, richement ornée de bronzes ciselés et dorés, à rinceaux et à festons, décorée au centre d'un médaillon à figure de bacchante et de petit faune en bronze doré, d'après Clodion. Dessus de marbre blanc. Style Louis XVI.

40 — Meuble, forme commode, en acajou, côtés cintrés à étagères, ouvrant à un vantail et garni intérieurement de trois tiroirs. Il est richement orné de bronzes ciselés et dorés au chiffre de Marie-Antoinette. Dessus de marbre. Style Louis XVI.

41 — Vitrine à coins arrondis en acajou et bois de rose, ornée de bronzes ciselés et dorés, et garnie de trois glaces biseautées. Dessus de marbre. Style Louis XVI.

42 — Vitrine en acajou, à fond de glace, ornée de bronzes dorés. Dessus en marbre vert. Style Louis XVI.

43 — Bibliothèque en bois de rose et de violette, à ornements et moulures en bronze ciselé et doré, ouvrant à deux portes grillagées. Dessus de marbre brèche. Style Louis XVI.

44 — Commode en bois d'amarante, bois de rose et marqueterie de bois, ouvrant à trois vantaux et munie de trois tiroirs dans la partie supérieure. Dessus de marbre. Style Louis XVI.

45 — Enveloppe de coffre-fort simulant un chiffonnier en même bois et de même style.

46 — Grande psyché en même bois et de même style, formée de trois vantaux à glaces biseautées.

47 — Grand bureau à quatre faces en bois de rose, à moulure de cuivre et ornements en bronze doré. Style Louis XVI.

48 — Bureau en marqueterie de bois de couleur. Dessus de marbre rouge. Style hollandais.

49 — Bureau de dame en acajou ciré, garni de tiroirs encadrés de perles de cuivre ; bordure feuillagée en bronze. Style Louis XVI. Le dessus garni d'une glace.

50 — Meuble-crédence en acajou, garni de bronzes ciselés et dorés, de style Premier Empire. La partie supérieure, ouvrant à deux portes à glaces, est ornée aux angles de statuettes allégoriques posant sur des gaines. Le bas est à fond de glace et tablette d'entrejambe.

51 — Table-bureau en acajou, garnie de bronzes ciselés, dorés ; sur quatre pieds à bustes de femmes, reliés par une entrejambe. Style Premier Empire.

52 — Meuble, formant secrétaire, en bois laqué, avec réserves peintes en grisaille : Jeux d'amours et attributs divers. Ornements bronze ciselé doré. Style Louis XVI.

53 — Grand buffet de salle à manger en noyer sculpté, de style Renaissance.

54 — Pannetière et son pétrin en noyer sculpté.

55 — Guéridon sur trois pieds en bronze et bronze
doré, à cariatides de femmes ailées. Dessus de
marbre jaune.

56 — Table-guéridon en acajou et quadrillé de bois
d'érable, ornée de bronzes ciselés et dorés, posant sur quatre pieds à cariatides en bronze
doré reliés par une entrejambe. Style Louis XVI.

57 — Deux tables rondes à étagères en bois de rose
et ornements de bronzes dorés. Dessus de marbre à galerie de cuivre.

58 — Petit guéridon à deux étages en bois de rose
fileté de citronnier, la partie inférieure formant
table à ouvrage.

59 — Guéridon rond, sur quatre pieds, en marqueterie de bois de rose et de violette. Style
Louis XVI.

60 — Petit guéridon, sur trois pieds cambrés, en
marqueterie de bois. Dessus de marbre blanc à
galerie de cuivre.

61 — Table à thé en bois d'acajou, à filet de cuivre.

62 — Piano droit en palissandre verni, de *Gand et
Bernardel*.

63 — Meuble-vitrine en bois noir incrusté d'ivoire.

64 — Paravent en bois sculpté peint et canné, à trois feuilles ornées de glaces et feuilles en soie brodée, fond crème. Style Louis XVI.

65 — Ecran en bois doré, feuille en tapisserie à la main. Style Louis XVI.

66 — Grand porte-manteaux en noyer ciré.

67 — Glace, cadre en noyer.

68 — Ciel de lit et deux galeries de fenêtres en acajou et guirlandes en bois sculpté doré. Style Louis XVI.

69 — Deux galeries de fenêtres en bois sculpté doré.

70 — Armoire en bois laqué blanc, ouvrant à trois vantaux, dont un à glace biseautée.

71 — Paravent en bois laqué blanc, à trois feuilles en velours ciselé gris et vert, et glaces biseautées.

72 — Porte-parapluie en bois peint gris et canné.

73 — Table en bois peint gris. Dessus en velours ciselé vert et gris.

74 — Support, formé de quatre colonnettes, en bois peint, à plateau tournant.

75 — Table de nuit en bois laqué blanc.

76 — Coffre-fort dans une enveloppe en bois laqué
blanc, simulant un chiffonnier.

77 — Coffre-fort bas.

78 — Ameublement de salon en bois sculpté doré,
de style Louis XVI, garni en tapisserie d'Aubusson, à décor de paniers fleuris, guirlandes
de fleurs et de feuillages, composé de : un canapé et quatre bergères.

79 — Meuble de salon en bois doré, couvert en tapisserie d'Aubusson, à décor de fleurs sur fond
réséda, contrefond crème, style Louis XVI,
composé de : un canapé et quatre fauteuils.

80 — Canapé-corbeille en bois doré avec coussin,
garni en soierie fond crème à fleurs. Style
Louis XVI.

81 — Dix fauteuils en bois d'acajou sculpté, garnis
de canne, munis de coussins en velours jaune
ciselé. Style Louis XVI.

82 — Bergère en bois sculpté doré, de style Louis
XVI, garnie en soie brodée sur fond crème
moiré.

83 — Deux fauteuils et deux chaises en acajou et
ornements de bronze dorés, garnis de canne et
munis de coussins en velours fond gris. Style
Louis XVI.

84 — Bergère, style Louis XVI, en bois sculpté doré, garnie en soierie saumon clair à fleurettes.

85 — Deux chaises légères, style Louis XVI, en bois sculpté doré, garnies en soierie vert pâle à fleurs.

86 — Canapé, style Louis XVI, en bois sculpté doré, garni en soie brochée, semis de fleurs.

87 — Deux fauteuils, style Louis XVI, en bois sculpté doré, garnis en soie brodée cerise et or.

88 — Deux autres, même garniture.

89 — Bergère à oreilles, style Louis XVI, en bois sculpté doré, garnie en soie brodée fond crème, à bouquets de fleurs, rinceaux et entrelacs de feuillages.

90 — Deux bergères en bois doré, couvertes en soierie fond crème à fleurs, avec leur coussin. Style Louis XVI.

91 — Deux bergères et deux chaises en bois sculpté doré, de style Louis XV, garnies de brocatelle fond rouge.

92 — Deux bergères à oreilles en bois sculpté doré, de style Louis XV, garnies en soie brochée fond crème à fleurs et festons.

93 — Canapé et fauteuil en bois sculpté doré, de style Louis XVI, garnis en soie brochée fond bleu ciel.

94 — Quatre chaises légères en bois sculpté doré, dossiers cannés ; sièges garnis en brocatelle fond rouge.

95 — Bergère, style Louis XVI, en bois sculpté doré, garnie en soierie brodée bleu pâle.

96 — Deux chaises légères en bois doré, de style Louis XVI, garnies en soie fond crème à fleurs.

97 — Fauteuil bas en bois sculpté doré, de style Louis XVI, garni de canne, avec coussins en soie crème brodée et médaillons en camaïeu.

TAPISSERIES, TENTURES
TAPIS D'ORIENT

98 — Deux panneaux en fine tapisserie moderne, représentant l'Espiègle et la Descente périlleuse.

Haut., 2 m. 80 cent.; larg., 2 m. 10 cent.

99 — Dessus de piano en soie crème et broderies en soies de couleur au passé; bordure en dentelle, médaillon central à figures d'amours.

100 — Six rideaux et un store en tulle brodé.

101 — Huit rideaux ou portiéres en soie rose, avec larges bandes en soie brodée en couleurs sur fond crème.

102 — Trois décors de fenêtre en faille crème brodée et applications.

103 — Décor de croisée et une portière en damas de soie rouge.

104 — Décor de fenêtre en étoffe de laine et soie fond havane.

105 — Grande carpette orientale, à dessin polychrome sur fond crème.

106 — Tapis d'Orient, fond rouge.

107-108 — Deux tapis-chemin du Maroc, à fond rouge. (Seront divisés.)

Long., 5 m. 50 cent. environ.

109 — Grand tapis d'Orient, à dessins multicolores sur fond blanc.

Dimension environ : 5 mètres sur 5 mètres.

110 à 112 — Tapis en moquette, fond gris à fleurs.

113 — Tapis en moquette rouge ton sur ton et sa thibaude.

RED. :

18

0 1 2 3 4 5 6 7 8 9 10